KB073822

어른들아 울자

어른들아 울자

이정희 시집

좋은땅

어릴 적
군인이셨던 아버지를 따라
강원도 산속 마을에 살았다
걱정이라곤 학교에 늦지 않는 것과
종아리를 간지럽히는 강물이
산에서까지 내려온 빗물로
불어나 있지 않았기를 바라는 것뿐,
푸른 하늘 아래에서
무엇이든 될 것 같았던 꿈을 꾸었다
뿌연 흙먼지 일으키며 산을 돌아가는 신작로와
물속 돌들이 맑게 보이던 얕은 강물을
지금은 볼 수 없겠지만
달라진 길 위 푸른 하늘 아래에
바람과 동굴과 터널을 거친
나의 삶과 기도를 내놓는다

🌸 차례

제3부
어머니의 기도

제4부
어른들아 울자

제1부

. . .

익어 가는 길

목련 1

쉽게 풀지 않을 거라고
꽁꽁 휘감아
머리까지 싸매고
햇빛 다정하게
살며시 내려와도
수줍은 듯 고개를 숙이더니

지나간 밤
어느 수상한 바람이
코끝을 스쳤는지
이른 아침
치마 싸개 내려지고
온몸 봉긋해졌다

부풀어 오르는 웃음을
공중에 펼치는
여섯 폭 치마

회오리

돌고 있다

눈앞이 돌고
머리가 돌고
잠깐
잦아드는 듯
아니다
더 크게 도는 것이다

기둥을 찾아서
기둥을 세워서

눈 너머 던졌는지
등잔 밑에 숨겼는지
엎드려 찾아서

기둥을 잡고
회오리를 잡고

민들레 홀씨

뚝방 위에 점 하나
눈도 깜박이지 못하고
푸른 숲을 감고 있는
좁은 길
그 끝을 잡고 있다
노란 민들레도
고개를 빼고 앉아 있다

외할머니 지극함도
입안 가득 쑥개떡도
삭히지 못하는 그리움

어머니 흰 고무신
가슴에 품은
구릿빛 어린아이

민들레 홀씨

트인 풀밭을 날아

꿈을 키우고
옷을 입히더니
주름을 만들고
연륜에 채색을 입히는데

흰 고무신 품은 가슴엔
시간이 멈춰 있다

장터 가는 길

이른 아침 나선 길
밀 빻아 머리에 이고
엄마는 걸음이 바쁘다

둘째 딸 신이 나서
어리광 대신 따라나선 길
마지막 내린 거친 가루 보퉁이
양손 번갈아들며 종종걸음이다
종알거리기도 숨이 차는 열 살 여자아이
엄마는 가끔 천천히 맞춰 걷는다

길가 우물에서 목을 축이고
참외 한 개가 점심이 된
엄마와 딸

긴 땡볕 길에 달아오른 얼굴
거울 속에서

웃음으로 터질 것 같다

오늘
하늘도 땡볕도
다 내 거
엄마도
내 거

어느
아주 지친 날 나는
그 옛날 장터 길의
엄마 곁에 붙어 걷는다

목련 2

봄이 오는 길목
아직은 시린 바람

계절 앞을 막고 있다

틈새 비집고
들어선 햇살들
결국엔 꽃을 피워 냈다

새하얀 목련
누가 빨래했지
저리 깨끗하게
누가 물들였지
저리 눈부시게

한 잎 한 잎 따서
치마저고리 만들어야지

속치마 속바지
버선까지

갓 자아낸
저 순수의 빛으로

빨래

비누 거품이 끓는다

땀에 젖고
때에 찌들어
엎드린
속옷들 속에서
부글부글
솥뚜껑 뚫어 버릴 기세다

아직 넣어야 할 게 남았다

시도 때도 없이 올라오는 울화
주눅 들어 못한 말
경솔하게 뱉은 말

모두 집어넣어
푹푹 삶아 댔다

거품 한 방울도 넘치지 않았다

묵은 때 벗은 빨래
하얀 햇빛 장대 높인 마당에서
아파트 건조대에서
그네를 탄다

담

해 질 무렵
차가운 바닥에서 울고 있다
또 다른 바닥이 바닥 밑에 있을까봐

문이 보이지 않는
담 안에
홀로 서 있다

등에서
뜨거운 바람이 일어 난다

바닥이 흔들리고
담이 흔들리고
몸이 담 쪽으로 밀려 간다

담 너머 밖을 바라 본다

누군가 얼굴이 보인다
누군가 손이 보인다

담에 발을 걸쳐 보았다
주저앉는다

뛰쳐나와 돌아보았다
다시 올라가고 있다

스펀지 담이었다

이별

맨손으로
땅을 고르고
아들을 심었다

아들을 세우고
아들을 높이고

오직 위를 보는 정점
아들의 이마

하늘 높이
아들의 키가 커졌을 때
엄마의 가슴 사진엔
돌이 너무 커져 있었다

하늘이었던 아들은
검정 넥타이로

고개를 숙이고

하늘 같았던 엄마는
사진 속으로 들어갔다

사진 속의 딸을
눈물로 품어 보는 늙은 어미
구석에 구겨져 있다

막내딸을
잃어버림인가
앞서 보냄인가

잠시 멈춤

귓속말들
산을 울리고
굴도 지하도
빗장이 열리니

말한 것도 탓이 되고
만난 것도 탓이 되고
하늘길 막히고
바닷길 막히고

바이러스가 내준 선물
마스크

막힌 후에
열린 창

사랑스럽지 않은 게 없다
귀하지 않은 게 없다

스승의 날에

숨겨진 욕망
발에 붙어 분주했던
자아를
떨림으로 내놓는다

부끄러움을 넘어
민낯으로 내려앉는 발을
겸손히 안아 씻기는 손

우리는 섬기는 자다

품어지는 기쁨
안겨지는 자유

우리는 모두
스승이다
제자다

아가야

산부인과 분만실
일주일이나 서둘러 나와
문턱을 넘는
너의 첫 울음소리

엄마가 웃는다

식탁에 한 발 올리려다
엄마와 마주친 눈
울음 우는 척

엄마가 웃는다

뛰어갈 듯 몇 발 떼다
넘어진 너
엄마 향해 두 팔을 올리고

엄마가 웃는다

아가야
너도
엄마가 되어서 웃어라

꽃 편지

꽃이기를
편지이기를

기다려 주고
침묵해 주고

같이 비 맞고
같이 우산 쓰고

길을 알려 주는
길을 재촉해 주는

생명을 품은
꽃 편지이기를

일찍 피어
손톱만 한 어깨를 펴고

제 몸보다 열 배나 큰
목련의 엉덩이에
노란 봄 편지를 보내는
산수유처럼

익어 가는 길

아브라함을 따라
길을 걷는다

초록 잎 틈새에
초록 열매

햇빛도 힘이 되고
바람도 길이 되고

땀 절은 가방
어깨에 두른
짧은 머리
중학생 아이

어린이날에

너의 눈망울에
세상을 담는 기쁨이 있기를

너의 귀가
바람 소리를 구별할 수 있기를

너의 입술에
겸손한 노래가 있기를

너의 땀이
너의 손으로 돌아올 수 있기를

너의 무릎이 언제 어디서나
전능자 앞에 있기를

너의 발에
꺼지지 않는 빛이 있기를

반란

병뚜껑이 잘 열리지 않는다
물통을 씻어 내기가 쉽지 않다

손가락들이 일으킨 반란

물기 마를 새 없이
쥐어짠 날들의 시간 값이다

이쁜 반지라도 끼워 주고 싶다
면류관처럼

아니
그마저도 굴레일지

두 손 내밀어
볕을 쬐는 오후
산딸나무 머리 위로 나비들
하얗게 내려앉았다

회복

잃어버린 조각들을
찾아 나선 길

겨울에서 가을로
가을에서 여름으로
봄볕을 더듬어
씨를 찾아서

품어 싹을 틔운다

버린 마음들
묻힌 추억들

작은 기쁨들을
찾아 엮는다

작은 돌다리를
찾아 걷는다

봄에 안기다

나무들
맨몸 위에
솜이불 덮였다

한낮 하늘 향해 웃다 잠들다
이불 얇아져 잠이 깼다

솜 녹아 흐르는 소리
언 땅 두드리는 소리

몸속 물오르는 소리
목련꽃 오물거리는 소리

고향 그 호수

돌아가 볼까
어제로 돌아가 볼까
아니 아주 옛날로 돌아가 볼까

시를 낭송하며 속울음 올라오던 날
시를 공부하며 행복했던 날
아니 딸을 낳았다고
아버지가 서운해하셨다는 밤으로
더 멀리 엄마 배 속의 점 하나로

내 고향은
따뜻한 엄마 자궁 속
어린 날의 이마에
비인 바람이 불 때도
푸른 하늘 얕은 강물이
성숙의 시간을 지키고
등에 지고 가던 보퉁이들

이야기로 피어서

작은 점
날마다 커 가고 있다
겨자씨처럼

이 저녁
그 고향 그 호수에
다시 출렁이고 싶다

봄꽃

어버이날에

어제 하늘 속 하얗던 벚꽃잎들
오늘
허공을 돌고 있다
단 하루 입은
망사 저고리처럼

목련은
넓은 앞치마처럼 퍼지고
웃음과 눈물을
찬바람 볕에 말리던
붉은 산수유도
다시
노랗게
피어나고 있다

봄
온 세상 꽃이다

온통
엄마다

청춘

걷고 또 걸었습니다

때론
허욕으로 휘청거린
젊은 날들의
낮과 밤

날개를 다는 꿈으로
애벌레는 잠을 설쳤습니다

뼈들의 소리

살아 내기 싫은 날들을
건너뛰고 싶은 순간들을
발등에 올린 채 헛발질을 하고 있다

발가락 뼈들이 울어댄다

분주함 속에 뭉쳐 굴려 내고
바쁜 걸음으로 털어 내고
이불을 덮는 늦은 밤

가슴뼈들이 웃는다

여행

일상을 털고
집을 나선 길
내일의 것들로
가방 속을 채웠다

지층의 순간들도
따라나섰다

어린 나와 눈을 맞추던
젊은 엄마
주름 잡힌 손으로
분주한 나의 어깨를 쓸고
어린아이의 눈에서
오래전
아이의 마음을 읽는다

눈으로 내려오는

꿈 이야기

가방이 출렁인다
무지개가 춤을 춘다

바람으로 쓸어 내다

하늘도 뜨겁던
여름
구름으로 하늘을 씻어
소나기로 몸을 털고

높은 하늘을 거느리고
가을
바람으로 길을 잡는다

소나무 하늘 향해
더 푸르고

담쟁이 돌아 보며
더 힘차고

내 눈도
맑은 하늘에 씻어 내고

눅눅하고 무거운

근심은

바람으로 쓸어 내다

아버지는 중대장

우리는 졸병
아버지 마루 끝에 발을 올려
군화 끈을 푸시는 동안
오 남매 줄줄이 나와
인사를 드리고

아버지 푸른 군복을 벗으시는 사이
숙제장 연습장 다듬은 연필
방바닥에 줄지어 놓는다

숟가락 소리도 나지 않는
저녁 밥상
뜨거운 국 첫술 뜨신
아버지 웃으시면
오 남매, 강아지가 된다

구름 어울린 해

하늘에 긴 그림을 그리고

알밤 터져 나오는
서쪽 산자락

똑바로 해라
중대장 호령

다시 듣고 싶은
네 마리 졸병들

모퉁이 구멍가게

길모퉁이 구멍가게
캄캄한 골목
두어 개 대문 너머 환하다

늦은 퇴근길 학원에 지친 걸음
무서움 덜어 주는
간판 없는 만물상
유년의 우리 집

다음다음 모퉁이엔
당숙네 만화방

아버지 눈을 피해
내달리던 곳

해 지는 줄 모르던
아이들의 골방

아득한 추억의 불빛
모퉁이 구멍가게들

그림자

따라가는 그림자가 싫어서
들보를 덮고
티눈을 찾으며 걷는다

나의 이 들보는
바로 너 때문이라고
분노와 변명의 기둥을 세우고
말을 잊은 채
한 덩이 한 덩이
절망의 담을 쌓는다

자꾸 커 가는
빈 그림자
삶은 무덤처럼
공허의 집을 짓는다

비상구를 찾는
낯선 하루

꽃비

눌러쓴 모자 위로
빈 나무 의자 위로
꽃비가 내리고 있다

바쁜 걸음 어깨를 스치거나
달리는 버스 밖에서
바람으로 날아
계절을 알리더니

아이들 울음에 웃음이 나고
엄마 웃음에 눈물이 나는,
이 봄날

마른 가슴을 여는
꽃비

외로움 속에서

외로움을 안고
내가 닫은 문을 바라봅니다

외로움의 틈으로
끝없는 욕망이 보입니다

외로움의 길에서
너와 나를 만났습니다

외로움 너머
말 없는 사랑이 기다리고 있습니다

외로움 속에서
나의 발길을 보았습니다

거울

날마다 엄마를 볼 수 있다

엄마는
침대에 누워 있었는데
파킨슨병에 흔들리고
고관절 수술에 묶여서
누워 일어나지 못했었는데

가까이 있는 아들 그늘 안에서
멀리서 사는 딸은 자랑만 하다가
멀어서 못 오는 거라고 변명만 하다가
아들이 직장 찾아 떠난 어느 날
어리광처럼 안방 문 앞에서 넘어져

아프니까 딸을 자주 볼 수 있다고
웃으시던 엄마는
코로나19로 세상이 놀라기 바로 전

하늘로 가셨다

이제
화장실에 혼자 갈 수 있다고
내일은 집에 갈 수 있다고
화내지도 않고

아들도
딸도
걱정하지 않고
웃고 있다

엄마를 따라
나도 웃는다

오늘 아침도
꾸미지 않은 머리
화장기 없는 얼굴로
웃고 있다
거울 속에서

균형

차가운 등을 본 사람이라야
뜨거운 가슴에 울음 울 수 있다

등밖에 내주지 않는 사람은
앞섶에 부는 바람의 마음을 알 수 없다

켜켜이 쌓아 본 사람이라야
빈집의 평온함을 알 수 있다

채움 속에 깃든 빈곤과 허무
비어 있음에의 넉넉함

사막 그리고 샘

제3부

· · ·

어머니의 기도

어머니의 기도

하늘길을 여는
소리 없는 통곡

서릿발을 감싸는
어머니의 기도

모두 기도

아침 햇살에
눈물 핑 도는 소리

그릇 수북한 설거지통에
물 떨어지는 소리

푸른 하늘에 나부끼는
빨래 마르는 소리

가을 단풍 속
바쁜 발걸음 소리

찻집에 홀로 앉아
커피 식히는 소리

모두
기도다

근심은

근심은 어디서 왔을까
근심을 어디에 맡길까

기도할 만큼의
은혜 안에 거하리니

그리 아니하실지라도
오직
물이 바다 덮음 같기를

은과 금은 없으나

마음을 다져도
다져도
어제와 같은 날
계획도 실천도
불가능한 하루

내 힘으로 할 수 없는 것을 내놓는다

내 힘으로 줄 수 없는 것을 줄 수 있다

내 것은 아니지만
내게 들어와서 나가는 것
내 손안에 있는 것은 아니지만
내 마음 안에 있는 것

성령을 힘 입어
성령을 선포한다
걸으라!

거짓말

날마다
거짓말을 하고 있다

죽고 싶어요
거짓말이다
괜찮아요
거짓말이다
그렇게 할게요
아니, 할 수가 없다

죽고 싶지 않다
괜찮지 않다
지킬 수가 없다

이제
두 손을 내놓는다
대신해 주세요
내 안에서

무거운 것

가방을 열어
지갑을 꺼냈다

책들도
다른 것들도
모두 내놓고

옷가지들
보이는 것을 다
내려놓았다
무겁다 아직도

이제
끊이지 않는 걱정에
가시지 않는 두려움에
돌이 된 나를 올렸다

가벼워졌다

바늘귀

나도
바늘귀로 들어갈 수 있다
그와 함께

갑옷

갑옷으로 무장하고
분주했던 발을
이불로 감싸
웅크리는 저녁

겹겹의 갑옷이
불어오는 바람을 막지 못하고
덮어쓴 이불이
몸속을 감싸지 못하고

온몸에 진땀이 흐른다

갑옷도 벗고
이불도 벗고

평안을 입는 새벽
사랑 고백이다

발등에 불

기도하면 된댔는데

기도 외에는 길이 없다고

기도만 하면 된댔는데

머리에서 가슴으로 내려가는 길
그 길이 너무 멀어서

가다가 잊어버리고
가다가 잃어버리고

자꾸 다른 길이 보이고
자꾸 다른 말이 들리고

오늘
발등에 불 떨어졌다

용서

일혼에 일곱 번
용서할 수 없으니

일혼에 일곱 번
기도해 볼까

제4부

. . .

어른들아 울자

어른들아 울자

어린이날이다
아이의 눈이 커지고
입가에 웃음이 번졌다

장난감 가게 아저씨의 간절함은
아이의 눈을 따라다니고
아빠는 잠깐 행복했는데

울고
소리 지르고

무엇을 바랐는지
성에 차지 않았는지
한참이 지나도 그치지 않는 울음
서글프다

어른들은

울지 않는다

끓어오르는 불이
온몸에 발진을 일으키고
흐르지 못한 눈물들도
구멍 찾아 샘으로 고일 때

방황하는 눈
허공을 돌고
서글픈 외로움은
먼 산으로 숨는다

침묵은 금이 아니다
날개옷도
날개가 아니다

어른들아 울자
두 발 뻗은 아이처럼
소리로
울음으로

자유

울면서 갔다
싸우면서
욕하면서
파도를 가르고
노를 저어 갔다

선착장을 찾아 나섰다

모든 것이 밝게 빛나
그림자조차 없는
부신 햇빛 아래
선착장은 보이지 않았다

산 밑
구석까지 비추던
붉은 저녁 해가
잔물결 속에 잠기고

밤이 내렸다

검고 깊은 어둠 속에서
오직 내 안에만 불이 켜졌을 때
알았다

내 안에도
그 길이 없다는 것을

하얀 밤

반가운 사람들
행복한 수다가 좋아서
낮이 기우는 시간에
커피를 마셨더니

누워 자고 싶은 밤
한 캔의 맥주는
낮에 마신 커피의 카페인을 이기지 못하고
눈을 감아도 밤이 아니고
눈을 떠도 캄캄하다

밤을 밤에 맡기니
까만 밤은 나에게
내 아득한 어린 날의 빗장을 열어 보였다

엄마가 중학교에 간 언니를 데리러
장마로 물이 차오르는 강을 건넌 날

엄마가 돌아오지 못할까 봐
문고리를 흔드는 게 바람이 아닐까 봐
자고 있으라는 엄마 말대로 하지 못하고
동생들을 데리고 웅크렸던 밤

혼자가 아니라고
엄마가 왔었다고
무서움으로
외로움으로
울고 있던 어린 나를
다독여 품고 품는
하얀 밤

꿈

티가 날까 살짝 칠한
입술 속에
스무 살 숨은 꿈
바람도 신비로웠지

복사꽃 화장하며
땀방울의 날들을
바람과 함께 달렸지

화장은 분장이 되고
주인인 척하는 바람 내몰며
땀 흘리며 걷는 길
연륜의 열매가
알알이 보이기 시작하네

이제 이 분장도 지울 무렵엔
이 꿈

고사리 손바닥에
소중히
올려놓아야겠네

동행

길을 찾는 오늘
막아서는 어제
두려운 내일

모두 묶어서
골고다에 부리다가
누가 볼세라
흩어 날아갈세라
품고 내려왔다

다시 언덕에 오르고
짐을 벗고
굴러 내려 집에 오니
그 보퉁이
먼저 와 기다리고 있다

그가 찾아온 누더기

등에 붙어 기어가고 있다

억눌러지지 않는 아침
비워 내지지 않는 저녁

다시
누더기를 묶는다

열정

초록에 덮여
햇빛과 비바람에 익은
속살들이

빨갛게
노랗게
소리치고 있다

얼룩진 손바닥
말라 가는 관절염 손가락으로
바람과 함께 서서

아직 늦지 않았다고
이제 시작이라고
불태우며 재촉하는

단풍나무
은행나무

발

얇게
양손을 나비의 날개로
바닥을 스치며
날아간다
아기 발

두텁게
발소리 울려
땅이 꺼질 지경이다
무거운 가방도
무섭지 않은
엄마 발

무겁게
추억이 밀어 간다
메뚜기도 무거운
엄마의 엄마 발

외로움을 문지르다

눈물이 새어 나오고 있다

머릿속에서
목덜미에서
등에서도

땡볕 같은 밤

눈물을
문지르는 밤
온몸을
웅크리는 새벽

아무것도 아니라고
흔적 없이 닦아 버리면
그만이라고
온 머리로 닫고

억지로 눈을 감는다

그래도 흐르는 눈물
문질러지는 외로움

짐

빛이 없으니 밤이다
얼마나 왔는지
얼마나 더 가야 하는지
끝이 있기는 한 건지
손도 발도 무거운
비 맞는 밤

위를 향해 소리쳤다
너무 무거워요-

적막이 지나가고
고요가 지나가고

잠긴 문을 여는 울림

연자맷돌보다는…

개인 정보

휴대폰 진동음이다
무엇인가를 싸게 팔겠다는 문자다
다시 울린다
싼 이자로 대출해 주겠단다
소리로도 부른다
보험 회사다

내 손과 발은 어디를 헤매고 다니는지

화장 속에 숨은
나의 쓴 마음은 어디로 날아다니는지
어느 바람에 흔들리다가

점점 올라가
땡볕 속에서
소나기로 쏟아질까
벼락처럼

쌀국수

짙푸른 골짜기의 나라
라오스의 작은 도시
루앙프라방

한증막 더위를
새벽녘 소나기로 씻은
메콩강의 이른 아침

숨 한 번 크게 쉬고
힘을 내 앞을 보다가
몇 걸음
뒤돌아 가다가

나그네들
황토물로 출렁이는 메콩강에
무거운 짐들
하나하나 던지며

낮은 탁자를 놓고 앉았다

양철통 속 장작불에
뜨거운 국을 끓여
이슬 털어 낸 푸성귀 한 줌으로
시원함을 얹어

한 그릇 쌀국수를
탁자 위로 올리는
부지런한 손

땀으로 흐르는 웃음
오래전 어머니처럼

돌의 하루

일본 오키나와
월드 옥천동

전에 없이 부는 바람에
흐트러진 사람들
동굴 입구를 찾아

지친 마음들이
따뜻한 입김에 이끌려
깊게 안으로 들어가니

석회암
고드름으로 녹아내려
시내인지
호수인지
흐르고
돌아

묵은 상처들

삶의 무거움

등을 다독여 씻어 내고

문을 열어

맑은 하늘에 내놓는다

긴 몸살

돌의 하루

엄마는

첫돌 지난 아이
두 돌 지난 아이
나들이 간다 안방으로

보자기를 펴고
토마토도 빵도 과자도 먹고
놀이를 찾아서

어두운 현관문에 얼굴을 묻고
바짝 등을 붙인 연년생 아이들

술래가 된 할머니
화장실 문 뒤를 살펴보고
작은방 문 뒤를 찾아보고
현관 센서등 켜질세라
방구석을 돌다가 옷장 문을 열다가

못 찾겠다 꾀꼬리-로 항복을 외친다

기다리던 엄마가 오니
저마다 이야기 봇물이 터졌다
저녁 먹는데 한 시간이 가고
억지로 양치하고 씻고
다 같이 드러누운 초저녁

첫돌 아이
엄마 가슴을 사수하고
두 돌 아이
엄마 등으로 붙는다

두 돌 세 돌
나이테 굵어졌다
운동화 길어졌다

엄마는
등에도 젖이 있다

화장

뽀얗게
바탕을 칠하고
볼도 발그레
눈가도 화사하게
입술도 붉게 그리고

거울 속을 자세히 보니
눈 속이 반짝
눈물이다
화장으로도 덮지 못했다

거울을 향해
활짝 웃는다
눈물이 보이지 않는다

그림이 완성되었다

한 가슴에

산나물과 고추장
한 그릇에

된장과 풋고추
한 접시에

엄마와 아기
한 이불에

서릿발은
어머니의 기도와
한 가슴에

시인은 스스로 만들 뿐

이정희의 시에 대하여

꘏

고운기(시인·한양대 교수)

○ 가모가와 저물 무렵의 지용

일행을 태운 자동차가 교토 한복판을 흐르는 가모가와 강변에 이르렀을 때 해는 서쪽으로 지고 있었다. "가모가와 (鴨川) 十里ㅅ벌에 해가 저물어…… 저물어……."라고 노래한 정지용의 1920년대가 눈앞에 펼쳐졌다.

> 날이 날마다 님 보내기
> 목이 자졌다…… 여울 물소리……
>
> - 정지용, 〈가모가와〉, 2연

지용은 어떤 임을 그다지 자주 보냈을까.

일행은 지용의 모교인 도시샤(同志社) 대학을 방문하는 길이었다. 이 대학은 일본 관서 지방의 명문 사립대학이다. 100년의 역사가 넘는 이 오래된 학교의 곳곳은 문화재로 지정된 건물이 군데군데 박혀 있었다. 고색창연한 예배당 옆 아늑한 자리에 지용의 시비는 서 있었다.

나는 이 교정이 처음이었다.

시비에 헌화하고 묵념을 올린 다음 일행 가운데 한 사람이 벌써 색 바랜 비석의 글씨를 더듬으며 〈가모가와〉를 읽어 내려갔다. 참관을 마친 후, 다시 돌아 나와 가모가와 강변에 섰을 때, 해는 이미 넘어가고 교토의 밤거리는 고도(古都)의 여향만 풍길 뿐이었다.

> 수박 냄새 품어오는 저녁 물바람
> 오랑쥬 껍질 씹는 젊은 나그네의 시름
>
> - 정지용, 〈가모가와〉, 6연

지용의 발길이 밴 도시샤 대학 교정과 가모가와를 먼저 떠올린 것은 이정희 시인의 다음과 같은 시편 때문이다.

짙푸른 골짜기의 나라
라오스의 작은 도시
루앙프라방

한증막 더위를
새벽녘 소나기로 씻은
메콩강의 이른 아침

숨 한 번 크게 쉬고
힘을 내 앞을 보다가
몇 걸음
뒤돌아 가다가

나그네들
황토물로 출렁이는 메콩강에
무거운 짐들
하나하나 던지며
낮은 탁자를 놓고 앉았다

양철통 속 장작불에

뜨거운 국을 끓여
이슬 털어 낸 푸성귀 한 줌으로
시원함을 얹어

한 그릇 쌀국수를
탁자 위로 올리는
부지런한 손

땀으로 흐르는 웃음
오래전 어머니처럼

- 〈쌀국수〉 전문

  시인이 메콩강가 작은 도시를 찾은 까닭을 알 길 없지만,
낯선 곳의 강가에서 나그네의 마음은 한결같은 것일까. 고
된 삶이 '보다가… 가다가…' 하는 것이라면, 한 번쯤 인생
의 강물에 '무거운 짐을 던지며' 낮은 탁자 앞에라도 편히
앉고 싶은 것이다. 거기에 나올 소담한 쌀국수 한 그릇이
우리를 얼마나 마음 편하게 한다. 더욱이 그것은 마치 그
옛날 어머니가 만들어 주던 국수를 생각나게 하니 말이다.

그래서 이정희 시인의 메콩강과 쌀국수는 정지용의 가모
가와와 오랑쥬로 치환되면서 읽히는 것이었다.

○ 시인은 스스로 만들 뿐

이정희 시인이 문단에 나와 벌써 여러 해 분투하며, 그동
안 쓴 시를 모아 한 권의 책을 이루니 그의 감회가 남다를 것
이다. 첫 시집을 내던 나 또한 그랬었다. 바쁜 일상에 치여
시에 전념할 형편이 아니었겠지만, 거기 쏟은 노력과 분투
를 여기 모인 시편들로 익히 미루어 짐작한다. 그래서 나는,

어제 하늘 속 하얗던 벚꽃잎들
오늘
허공을 돌고 있다
단 하루 입은
망사 저고리처럼

목련은
넓은 앞치마처럼 퍼지고
웃음과 눈물을

찬바람 볕에 말리던
붉은 산수유도
다시
노랗게
피어나고 있다

봄
온 세상 꽃이다

온통
엄마다

- 〈봄꽃〉 전문

라고 노래한 대목에 눈길이 멈추었다. 선명하고 애틋하
고 강렬하고 설레는 시를 기다리는 마음이 살아가는 순간
마다 오죽했을까. 이 시가 실은 어버이날에 쓴 사모(思慕)
의 노래이지만, 어버이를 시로 대치해 보면, 어버이를 기리
는 마음만큼 시를 기다리는 시인의 마음이 보인다. '온 세상
꽃'이 '온통/엄마'라는 구절이 그렇다. 그런 마음에서 시와

함께 가는 현실의 삶이 좀 더 윤택해지기 바라면서 말이다.

시는 사람을 가르치려 하지 않는다. 시는 시일뿐이다. 우리는 태어나 숨 쉬며 살면서 늙고 병들어 죽는 과정을 어김없이 거쳐 간다. 이런 순환을 자연스럽게 받아들이면서도 한편으로 분투하지 않으면 안 될 일이 세상에 널려 있다. 시인 또한 그런 과정을 밟기에 그것을 시로 노래하였다. 우리는 이 노래를 들으며 생의 다른 면을 볼 뿐이다.

시를 쓰며 우리는 이런 생각을 한다.

증명할 수 없는 것을 증명하려 떼쓰지 말고, 논리와 사실이 부딪힐 때 너그럽게 논리를 양보하고, 미리 설정된 생각의 틀 안에 세상을 억지로 끼워 넣지 말고, 그 틀 안으로 들어오지 않는 세상의 무질서를 잘라서 내버리지 않으며, 가깝고 작은 것들 속에서 멀고 큰 것을 읽어 내는 투시력.

사실 이 말은 김훈의 소설 《공무도하》에 나온 한 대목을 조금 바꿔 본 것이다. 떼쓰지 않고, 억지 부리지 말고, 작은 것에서 멀고 큰 것을 읽어낼 지혜. 나는 그것이 시를 쓰는 자가 얻어야 할, 얻게 될 선물이라 생각한다.

○ 같이 가는 시와 사람

　진정한 의미의 자유로운 영혼을 생각해 본다. 이정희 시인의 시를 읽으며 새삼 이런 생각을 하였다. 얼마나 오랜 기간 시를 쓰며 스스로 다독인 구절들이었을까. 길지 않고, 복잡하지 않고, 어렵지 않은 말 속에 이정희 시인은 제 생애를 담고 있다. 시가 사람을 만들지 않고 사람이 시를 만든다. 아니, 그 역도 가능하다. 시가 사람을 만들 수 있다. 심지어 사람은 아닌데 시는 괜찮은 경우도 있다. 이 많은 경우의 수 속에 그러나 사실은 사람과 시는 같이 간다. 사람의 살아가는 모습이 시로 나오고, 시가 사람의 생애에 기름을 친다. 그렇지 않은 사람은, 그렇지 않은 시는 아무 의미가 없다. 나는 이정희 시인이 그리고 그의 시가 의미 있는 길을 걸어왔다고 믿는다.

　반가운 사람들
　행복한 수다가 좋아서
　낮이 기우는 시간에
　커피를 마셨더니

누워 자고 싶은 밤
한 캔의 맥주는
낮에 마신 커피의 카페인을 이기지 못하고
눈을 감아도 밤이 아니고
눈을 떠도 캄캄하다

밤을 밤에 맡기니
까만 밤은 나에게
내 아득한 어린 날의 빗장을 열어 보였다

엄마가 중학교에 간 언니를 데리러
장마로 물이 차오르는 강을 건넌 날

엄마가 돌아오지 못할까 봐
문고리를 흔드는 게 바람이 아닐까 봐
자고 있으라는 엄마 말대로 하지 못하고
동생들을 데리고 웅크렸던 밤

혼자가 아니라고
엄마가 왔었다고

무서움으로
외로움으로
울고 있던 어린 나를
다독여 품고 품는
하얀 밤

- 〈하얀 밤〉 전문

이미 중년의 나이를 넘어가며, 어느 날 잘못 마신 커피 때문에 잠 못 드는 밤, 문득 어린 시절이 떠오른다. 시골에 살아 본 사람은 홍수의 기억이 누구에게나 크고 작은 공포이다. 남도의 바닷가 마을에 살았던 나에게 그것은 더욱 크다. 폭풍우 치던 한밤 중 잡음이 섞여 들려오던 라디오의 '김동완 통보관'의 목소리는 나에게 오랫동안 트라우마로 남아 있었다. 그런데 여기서 이정희 시인은 더한 경험을 했다. 읍내 학교로 나간 아이를 데리러 장마에 물이 분 강을 건너는 엄마이다. 어린 소녀는 이 엄마 걱정에 잠을 이루지 못한다.

이 소녀를 지탱한 힘은 무엇이었을까? 함께 웅크려 체온을 나누는 동기간, 기필코 엄마는 돌아오리라는 믿음이었을 것이다. 그리고 그 힘은 살아온 자신의 생애를 받쳐 준 것이었다.

사람과 시는 같이 간다. 이정희 시인도 그렇다.

○ 이미지와 본질

찰나를 포착하는 예술적 기제로서 시적 표현은 시인의 과업이다. 독자가 시를 읽는 즐거움은 거기서 나온다.

봄이 오는 강가에서 두보(杜甫)는 읊기를, "江碧鳥逾白(강벽조유백), 강물 푸르니 새 더욱 희다."라고 히었다. 파란 강물을 배경으로 점점이 앉아 있는 물새의 흰 날개는 더욱 희다. 눈길은 거기서 산 쪽으로 옮아간다. 다음 줄은 "山青花欲然(산청화욕연), 푸른 산속 꽃은 불타오르는 듯하다."이다. 푸르러 오는 산에 핀 붉은 꽃은 마치 불타는 것 같다. 색깔로 대비시키는 이 극단적인 장면은 한 폭의 그림이다. 더불어, 흐르는 강물과 서 있는 새는 동(動)과 정(靜)의 이미지가, 푸른 산과 불타오르는 꽃은 정과 동의 이미지가 교차된 것이다. 이 이미지들의 상쾌한 상승 작용, 찰나가 포착된 예술적 기제이다.

나는 이정희 시인의 〈아가야〉라는 시에서 이미지와 본질의 유기적 연관 관계를 읽는다.

산부인과 분만실
일주일이나 서둘러 나와
문턱을 넘는
너의 첫 울음소리

엄마가 웃는다

식탁에 한 발 올리려다
엄마와 마주친 눈
울음 우는 척

엄마가 웃는다

뛰어갈 듯 몇 발 떼다
넘어진 너
엄마 향해 두 팔을 올리고

엄마가 웃는다

아가야
너도
엄마가 되어서 웃어라

- 〈아가야〉 전문

　시인은 엄마와 아기를 번갈아 바라본다. 두보가 강물과
흰 새를, 푸른 산과 붉은 꽃을 번갈아 보는 것과 같다. 그리
고 그 둘을 비교해 본다. 울음소리로 시작한 첫 만남은 일
어서는 성장의 과정으로 이어지고, 그때마다 엄마는 웃는
다. 그 순간을 누가 알랴. 저 엄마를 키워 본 시인만이, 그
리고 이제 자기 아이를 낳아 키워 본 엄마만이 안다. 그 기
쁨은 무엇으로 바꿀 수 없다. 그러기에 아이에 대한 소망은
마지막 연에서 모아진다. 아이 너도 엄마가 되어 웃으라는
것이다.
　이미지는 찰나를 잡지만 그 순간은 영원으로 이어진다.
찰나이면서 영원이고, 영원은 찰나에 있었다. 유럽에서도
근대의 시인들은 시를 '말하는 그림'이라 했다. 그것을 연구
자들은 이미지가 작품 형성에 본질적으로 참여한다고 해
석한다. 단순히 이미지를 만들기 위한 이미지가 아니라는

것이다.

시인은 이 순간을 잡고 영원을 약속한다. 나는 이정희 시
인의 이런 면이 믿음직스럽다. 그리고 그 안에 담은 본질이
무엇인지, 이제는 읽는 이들이 차분히 따져 볼 차례이다.

어른들아 울자

ⓒ 이정희, 2023

초판 1쇄 발행 2023년 11월 1일

지은이   이정희
펴낸이   이기봉
편집   좋은땅 편집팀
펴낸곳   도서출판 좋은땅
주소   서울특별시 마포구 양화로12길 26 지월드빌딩 (서교동 395-7)
전화   02)374-8616~7
팩스   02)374-8614
이메일   gworldbook@naver.com
홈페이지 www.g-world.co.kr

ISBN   979-11-388-2460-6 (03810)